詩集 霊魂(マブイ)の力

星 雅彦

砂子屋書房

＊目次

I

II

装本・倉本　修

詩集　霊魂（マブイ）の力

I

表裏一体

街角に鎮座する
シーサーはいかめしい面構えだ
黙して魔除けを果している
怒ることとは縁がない
ただ外れの向こうに正義のためとか
怒り狂っている連中がいる
彼らはシーサーの同志だという
バリケード集団かもしれない
脳髄にしんしんと浸透する

つむじ風が吹く
珊瑚の群れが死にかけているという
ジュゴンは寄り付かなくなったとか
土砂投入があるからだろう
みんな内心慌てふためいている
善意のウソだってある
何やら偽善が忍び込む気配
嘘も方便ともいうが
くら替えできるのだろうか
余計な心労かもしれない

＊シーサー（獅子像）

珊瑚礁

マツゲー　ミーランシガ　ケラマ　ユウ　ミーユン
（睫毛（まつげ）は見えないが、慶良間はよく見える）

那覇の西方30キロ
東支那海に慶良間諸島
晴れた日々　浮き立って眺められる
目前の問題　確実に捉えてから
かなたを見ると島影が
何かを語ってくれるだろう

座間味島　渡嘉敷島
透明度でも有名な海峡

春先には鯨もやってくる
他の島々には
野生のケラマ鹿が出没する

島は孤独な存在を発散する
秩序　美　静謐……
島の佇まいを訪ねる人は少なくない
群れる海鳥　ウミツバメが海面を歩く
海は莫大な財産だ
実験欲と冒険心を駆りたてる。

亜熱帯の海　珊瑚の宝庫だ
波よ　風よ　歌が出てくる
波之上の絶壁から飛び込んで

百メートルほど遊泳して
サンゴに親しむ
海中を流れる風よ　宝石よ

アカサンゴ　モモイロサンゴ
イシサンゴなど　無数の産卵
丸い海坊主の上に立ち止まってみる
足の裏がぬめぬめする感触
流動　歓喜　死滅
それらの想念に浸る

ふと脳裡に　ケラマの「集団自決」が浮かぶ
あれは残忍だが　天皇陛下バンザイか
そうではなく　この郷里のためだ

未来のためだと島人は呟いた
あれは犬死にではないぞ

死滅していた珊瑚が
戦後徐々に生還したのだ
あの悲惨の底に
明るい爽やかさが宿っている
顔にも夕焼色が
照り返っている

遊び心

育ちのいい猫が
しきりに上の方を見詰めている
思いきり木の幹にしがみつき
よじ登ろうとする
遊び心は途中で放棄する

猿は木の頂上　鳥に似て
枝から枝へ移動する
気持ちよさそうだ

猫はいつも美味な餌に恵まれ
いつも首の周りを撫でられ
可愛がられても　どこ吹く風だ

穏健な日常の中で
ときには危険なことや
不幸なことと遭遇する
それは人間だけではないのだ

猿は仕込めば犬に劣らず
得意な芸を見せてくれる
ときには我欲で嫌われもする

また生きる喜びを共有し
つかず離れず
面白がられるうちは
遊び心の　命の花となる

マブイの語らい

南島の五月雨が地に染み入り
樹液からデイゴの花が咲き乱れ
弔いの大腿骨から小指の骨まで
命の記憶をとどめている

心に宿る精霊たちは
死にマブイはいつも
生きマブイに語りかける
沈黙の風にそよぐ真実（まこと）の言葉で

一途な母たちよ
生きてまさぐる骨たちの
深い情愛　受け継がれ
豊かな血の造形となる

ああ白日にさらけ出された骨たちよ
あの孤独な魂　その言葉を聞こう
今日も明日も　永遠(とわ)に語り続ける
マブイたちの無言の語らいを

＊マブイ＝霊魂のこと（琉球語）

マングースとハブ

遠い海からやってきた
マングース
山原の泥水の川を
逆行する訓練を受ける
敵をあやめるために
半熟卵をのみこむ闘志
咽喉に楔（くさび）を打ち込まれても
生きのびたマングース
狙われたハブたちよ

おだやかな日常を憎しみ
混沌をよろこび
散歩している少女を
犯す夢ここちに浸る
あの悲鳴とも陶酔ともつかない
後生への絶叫の瞬間
ひらめいた
マングースがハブを捕らえた
かみ砕き　息の根をとめる
宿命のなりわいだ
爬虫類の嘆き　パワフル
手のつけようもない
くすぶる
憤りばかり

アサガオ

自然は　自問的統一に符号する
朝凪　夕凪　風の時間にゆれながら
朝　昼　晩　三節は生きている
花の命　メランコリックに
ああ　アサガオは青　紫　紅　桃　白か
朝顔　深夜に開きはじめ
明け方には完全に開き

朝九時頃　しぼんでしまう
なんという時間励行

昼顔　夏の日中に
花冠漏斗形　淡紅色に開き
道ばたや野原に
可憐さを　のぞかせる

夜顔　夕方に開いて
翌朝まで　夜目にも青白く
開花　芳香を放つ
その役得　いじらしい

夕顔　異品種　夏の夜

白色合併花　ひらき
光源氏に愛され
物の怪にとりつかれ
急死したという
その命のはかなさ
浪漫的に造形されて
憂愁の　その美学
時代を越えて
アサガオの顔となる

巷の輪廻

一途に反対！　反対！と
叫び合うなかで
のんべんだらりんと
自問自答する奴がいる
挫折感から
逃げ道を探している
石粉(いしぐう)の道を
遠く遠くまで
目的もなく歩いて行く

橋を渡れば
夢があるという
その夢心地を
しっかり抱いて
ガジマルのくねった幹を
これがヒンプンガジマルだよと
一瞥して通りすぎる
死滅したわけではなく
ただ成り行きにまかせて
寡黙となっただけだ
ああ　安らかな顔がある
牛が心地よく眠っている

おのれを視る

負け惜しみに　醜い悪党面を隠す
ある伝説が　また伝説を生み
蔑みがゴシップを楽しませて
世のしきたりに従うしかない
距離をつくる　果てしなくても
口車（くちぐるま）に乗って見栄を張る
福木の濃密な青葉
南島の逸話……
眩暈がただよう

その存在に圧倒される
いずこへ去るしかない
去りながら投げキスとは
厚かましくも
負け惜しみの　笑顔に泣き面
虚構の嘆き
今さら太陽の光を避けて
闇にまみれて
おのれの限界を知る
その叫びに悶えながらも
のほほん　のほほん　のほほんと
安逸をむさぼるとは
おお　早く早く　死にたもれ

祈る

誰だったか
昨日　どこかで遭って
チャーガンジューですね
そんな挨拶をかわした
あれは幻影だったのか
死者たちの声は
正真正銘　心のなかにある
耄碌じじいになっても
心の声を聴くことができる

ウマンチュは
どんな思想にも
左右されず
遠い北極と南極も越えて
天空に花束をささげて
月夜のダンゴを
頬張ることができる
霊魂よ
真実の味わいを
咀嚼したもれ

＊チャーガンジュー（ずっと元気で）
＊ウマンチュ（大衆）

淋しくとも

ひとりぽっちになって
ひとりふと振り返ってみれば
魔がさして　絶望して
岬の断崖でも　どこでも
机の端っこでも
人は　死に至ることもある
死ぬと　どうなるんだろう……
天国か極楽か　地獄の苦しみか
それら　ほんとうに

存在するのだろうか……
もしかすると　なにもない世界が
ただ宗教的なある想像から
死後の宇宙があると夢想するのか
あの世が在ると聴いて　否定はできない
弱さ　謎に絡みつつ
人が生きながらえて
執着するのは
なりわいの賜物（たまもの）か
淋しくとも
すべての存在を
生きて　残したものだけが
なんとなく残るのだろう
淋しくとも死はそこで消えてしまう

それがこの世の
しきたりなのだ

さようなら

自分と他人の考え　違いが大きい
その溝　埋め合わせず
何かが溶解し　冷めて行く
解放感は何一つない　友よ

喜怒哀楽の意味
秘めて　内面を覗かせ
ひらひらと言の葉が散る
音の調べノクターン

おくになまり　可愛らしさ
思いの濃縮　誇張の響き
森の中にさし込む光
さえぎる　蝙蝠が羽ばたく

不気味な予感——
殺意の目つき　困惑する
血に飢えた変人たち　群がる
いやな陰謀の時代がくる……

おお　お前は頭（こうべ）をめぐらす
どこへ行くのか
友よ

さようなら
さようなら

花思うひととき

さくら　さくら　と歌った
のどかな日々がなつかしい
さくら感覚の中で
夢のような実在感だった

さくらはさくらでも
山あいの斜面に
紅色あざやかに
南島の寒緋桜

しぶとく小枝に附着して
なんの因果か
下向きに咲き乱れ
垂直にぽたりと落ちる

生きる時間の切なさ
老境の　萎縮する思い
足早に歩く　人ごみの中で
杖にたよる　よたよた歩き

あの　さくら　いずこへ散ったか
石肌の弾痕も古めかしく
背中向きの

茂みの中の　忠魂碑

なんというこの侘しさ
この列島の海の向こうに
花びらの　ひらひら散る
わたしたちの祖国があるとは！

混濁の世界

島の隅々
怒りの日々は
透き通った紺碧の空だった
眼を閉じれば黒い天空がひろがる
きらめくスターダスト
その中に幾つかの願いをこめる
理不尽な対立をごり押しすれば
両極の反応　支持と嫌悪
連綿と続く苦汁を嘗める

互いに誤解とデマをとばし
認識の溝と温度差
いずこも理不尽な対立と破壊の
温度差　どうにもならない
島から離れて行った知者たちの
そのレトリックには説得力がある
このカオスの世界
誰も無関心ではおれないのに
無関心の罪を問う
黙して語ろうとしないのは
どっちとも見極める術(すべ)が無(な)いのだ
美しい花火を眺めても
寂寥感がつのるばかり

II

生と死

色とりどりの花が
野原に一面咲き乱れている
それがあッという間に
散ってしまった
「花の命は短くて……」
あのフレイズを思い出す
しかし季節が回ってきたら
また華やかに咲くのだ

物質も動植物も
人間と同じ生命（いのち）の流転かもしれない
人と花はつれない絆ではないが
儚いものなのだ
人と人との出会いには
善悪を問わず
擦れ違いであっても
捨てがたいものがある
時には限りない思い出が残る

戦場（いくさば）でも
死を目前に共有して
生きたいと念じながら
死を覚悟し

そんな最期を
お国のためとか
天皇陛下万歳を叫んでも
思いは永久（とわ）の中に
押し流されるのだ
そんなわが身を
便宜上の弁明とも
悲惨の死に方とも
思う余裕がない

死者への悲しみ
犠牲という観念もなく
まして戦争への贖罪や
良心の呵責も

苛まされることもない

ああ
生き残りの人たちよ
心の中でこそ
殺し合いが全く愚かなことだと
くり返し言ってはみるが
なんとも呆気ない
日常なのだ

あの軍備と共に
戦争文化とは
なんなのか
強奪と

生と死を
語るだけか

土に還る

青い海底の
遊泳する潜水艦
虎視眈眈
逃亡の疎開船
魚雷よ頼むぞ
思い切り突っ込め　と

児童たち　海に沈む
木片にしがみついても　溺死する

沈みゆく船
海は生きている
勝利がほほえむ

それが任務だ　もっと多く
沈めねばならぬ
麻痺した　良心
勝たねばならぬ
強いアメリカだ

ああ島の親たちよ
おばあは嗚咽する
こころドゥマンギティ（動転して）
もう死にたい　国のためになるもんか

死ねばきっと役にたつだろう

泣き笑い　消え失せて
血みどろの死
蠅がたかる
うじ虫がわく
臭気　消えゆく

地上戦の阿鼻叫喚
軍民一体が逆転して
敗残の身　焦げ臭い
死霊（マブイ）の蝶は地に舞い降りて
土に還元される

土は泣かず
沃土は　語らず
赤いアカバナーを咲かす
ひたすら遺族は手を合わせて
ウートウトウ　拝む

＊ウートウトウは、拝むときの感嘆符

テレパシー

ドローンが空中をさ迷っている
偵察願望の無人機
死神が宿っている

人が鳥のようになりたいと
あの夢想から一万メートル上空
飛行するB29は
無数の魚を落下させた
破壊兵器の効用

友軍と住民は墓穴の中へ
ガマにもぐり込み
命拾いした
島の原っぱや畑の中には
屍体が折り重なっている

鳥のさえずり　虫の鳴き声
安らぎのレクイエム

悲しみも恐怖も忘れて
ただ脱け殻の空白
烈しい潮流の圧力
貪欲で四苦八苦する

どこかの空では
無人機が無人機を撃墜したという
あゝ平和ボケのテレパシー
ただ祈る　開眼したもれ

＊ガマ（洞窟）

東シナ海

空と海の合体　その色彩の面白さ
海辺の岩に立って　落日に親しむ
燃えさかる　まんまるい炎
きらきら細波を染めて
静謐よ　東シナ海

かつて沖縄戦で　この海に集結した
米軍戦艦目指して　特攻機
低空して　つぎつぎ撃墜された

海の藻くずになった若鷲たちよ
おだやかな輝ける海の御霊(みたま)
追悼の思いがわく　その虚しさの深さ
何の因果か　この時節の不穏な予感
死者たちの声がなびく

怒りをこえて　遠い佳境へ
水平線の唄と共に　黒潮に合掌する
ああ――
ただ深い哀愁に浸る
落日の輝き

パラドックス

彼が大動脈瘤を手術したことは確かだった　しかし彼は　それが何
年何月だったか思い出せない　時間のなかで忘却している　手術そ
のものは時の中で確証できる
時間と時代の経過と存在は　別々に呼吸している　それに気付いて
も　手遅れの場合が多い　思えば　アジア・太平洋戦争で硫黄島の
玉砕や沖縄・慶良間諸島の集団自決が行われた年月日は　明確だが
内容の記憶は薄れてしまっている　惨劇は動かしがたい事実だとし
ても　死にたいという人たちがいた
記憶の中での出会いと決別は　それぞれ鮮烈でも　同一線上にはな

く　記憶は薄れるばかりだ　悲しみと哀しみは　共鳴しながらも一
致しない　憐れみと同情も　微妙に異なるように　真実は沈黙の中
にしか存在しないだろう

しゃれこうべの唄

海上で彼らは　今とばかり
Xの背後から
不意打ちしようと
企んでいた　だが
すでにXは見破っていた
なんたることだ
不意打ちは崩壊して
無駄になるばかり
マルレ舟艇は自沈しなければならない

戦果は　おじゃんになった
極秘を知らせてくれた
密偵は行方不明
フカの餌食になったのか
かも知れない
憐れんでやらなければ
ならないだろう
海底に沈んでいる
屍体はばらばらになって
頭蓋骨だけが
珊瑚礁の穴に嵌って
保護され　可愛らしい情景
遊泳する熱帯魚たちが
諍いもなく

安泰した世界を
謳歌している

潮流

どこからともなく風が吹く
あ、今日も内外の知識人たちが
軍事基地は弊害ばかりで
みんな反対すべきだという
繰り返す　論調
間違いない　まちがいはない
僕も君も　反対だ
反対　反対　反対
みんな揃って数万人

シュプレヒコール
大勢の怒り　快感もある
「オール沖縄」のサスペンスよ
純粋な熱狂と裏腹に
生きる詐術
怒りの標本か
動物たちは逃げることもできず
小屋から覗き見ると
山　海　昨日と今日の日課　夢に託す
とてつもない隔たりがある
悲惨と歓喜が
ほとんど同時に一致する
すべての思惑も
この世とあの世の

乖離は闇なのだ
南西諸島　底ぬけに明るく　暗い
どうしようもない
のだろうか

南島の海と風と土の語らい

今年の6月19日　那覇市・陸上競技場で6万5千人の県民大会が
行われ　米軍元海兵隊による強姦殺人遺棄に対し　怒りの糾弾　「怒
りは限界を超えた」と全員がプラカードをかかげ　「命どぅ宝　全基
地撤去」の気を吐いた
　沖縄の新聞では見開きいっぱい　カラー写真のメッセージボード
を掲げ　迫力満点　日本政府に対立を強制している　理不尽の差別
日米地位協定　抜本的見直し　海兵の撤退を硬く決意を表明した
　朝鮮戦争と湾岸戦争は沖縄から出撃　沖縄は実のところ　平和で
ないようで平和だった　反米反日の反戦平和運動　絶えず政府に陳

情抗議と援護金　リンクしないというがリンクインして今日に至っている

沖縄は非国家的主体で　権力の源泉を増大させ　ナショナル・ガバナンス　真の難題は権力増大を図る　無秩序の発生だ　問題は解決不可能になる　中央と地方　政府と沖縄　肝心の協力関係の賛否がねじれて崩れ去り　紛れもなく沖縄を植民地化したという　そこにデマが蔓延るだろう

まさに利権をフルに活用　政府は悪魔か　がむしゃらに主張する中に虚偽はないか　死者の言葉は悲哀ばかりではない　爽やかな風を肌身に感じながら　忘れた土の語らいを聴いてみる　別な状況が見えてくる

広島・長崎の市民は　謝罪要求を一言も口にしてないというけれど　南西諸島のその語らいは生きている

Ⅲ

霊魂（マブイ）の力

明るい砂浜に
産卵した亀が海中に
戻って行く
イソギンチャクの触手が
放射状に踊っている
海底の髑髏は淋しげだが
時代を代辨して安泰だ
地上では　生きとし生けるもの
抗議に明けくれている

ときには暴走の
怒りの体当たりもある
だが　混沌のままだ
用心深いものは
よそ目にも成り行きを
柔軟に構え
現実を見守っている
かくてウチナーンチュは
島のマブイに問いかける
霊魂よ
物事の裁断を
指示したもれ　と
おお胸の内なる響き
もやもやした自我に

目覚めるのだろう

虚構の殺意

混迷の世の中　この頃は殺人が横行して　足を踏み外したら　現場にいたことになり　お前がやっただろうと　怪しまれ嫌疑がかかり　泥縄式に尋問される　自棄糞（やけくそ）に執念深く二十回以上も尋問されそれに耐えて拒否し続けたものの　決めつける証拠はないのに　ないものは何もない　これでおしまいかと思った

事はそれだけでは済まない　更にあの手この手の言い回しで　詰問に根負けしてしまい　その疑惑が本物に変身する　フィクションの犯罪に　当然の処置に至って降参するしかなかった

こういう事が常識となって実在するとき　とうとう相手の思惑に

乗ってしまい　ダブル・スタンダードの力量に敗れてしまった　ぶざまにも虚しく悟り　このまま牢獄に三十年ぶち込まれても　逃げ道はない　同病相憐れむ輩が巷には見え隠れする　自らの宿命に納得するか　しかしこの世の制度の現実に甘えてはならない　自分自身の不甲斐なさを　ただ苦笑せずに　何かの殺意に謙虚に立ち向かい　何かの殺意が必要にもなろうか　もっと強くなれという天の声
それが真実の生きる道かもしれない　死者になれとも言う

ブッソウゲ

生垣の曲がり角を歩いて
さりげなく見過した
すぼんだ赤い花　しおらしい

墓場に誇らしげにらっぱ状に咲いている
ブッサーク・アカバナ・パナギー
グショークヌパナ　と島々で語り継ぐ

忌み嫌われ　献花にもなれず

夕暮れに萎んでも　明日があるさ
命なごむ　祈るリレー　ああ……

白・桃・紫紅・黄色・橙など
交配して　逞しく五千種ある
この世の名残りに　尽きない思いを託して
遊びながらもウートウトウ　と
仏葬華は　ただ微笑むのだ

＊ブッサーク・アカバナ・パナギー・グショークヌパナ。
奄美・沖縄・宮古・八重山、各地域でのハイビスカス（ブッソウゲ）の方言名。

一輪　二輪

ブーゲンビレアの生垣
恰好な門構えだったのに
引っ越すとき　取り払ってしまった
その殺風景のなかに
置き去りにされた赤紫色の
二輪の花が風にゆれていた

喜屋武岬の岩場を　散策して
可憐な青い一輪の花が

溶岩にしがみついている
ひろびろとした空間のなか
涼風にゆられて
遠くの微かな笛の音に
孤独を楽しんでいるようだ

卓上の生け花からふと思い出す
アートになった花々から離れて
あのブーゲンビレア
残された二輪
溶岩に起立した一輪
立場は異なるが　花は花で
薄命の美人に似ていても
さみしさだけでなく

何か心に残っている

花は石　強靭な石の心に変身して
人がそれに見入るとき
石は花　石に宿る神さまと
ときには遭遇するのだ
ああそうだったのか
無言に染み入る言の葉
なんの苛責もなく　ただ
このむなしい時の空白を
なんとしよう？
瞑想にふけるばかりだ

生きる性（さが）

ある人たちはお国のために死に
靖国神社に祀られているという

ある人たちは国に騙されて
犬死にしたという。
死者は　英霊ではなく
盲目的に忠誠心に没頭して
憐れな犠牲者になった

生きるもの皆が皆
時代の方向に従って
なんとなく考え方も変質して　その
変わり身のはやさ
みんな民主主義を念仏にして
めざとく非戦を唱えている

知識人はもろもろの理論を
都合よく打ち出し
急速に歴史は捏造されて
過去は打ち切られ
上手に繋ぎ合わさる

人は自分がどこにいるのか

気付かずにいる
ただ生きているだけだ
ああ　この輪廻
なんとしよう

池幻想

池を埋めない前は
どこからともなく
蝶やトンボがやってきた
蛙も鳴いていた
小鳥たちもさえずっていた

あの悠長なおおらかさを
むげにも押し潰して
情緒のない殺伐とした生き方が反転して

あの日々をふと思うのだが
池のきらめきが見えるのだ

さりげない優しさの心の隅に
何かが残っているようだし
厳しい現実のなかに切ない思いがある

とりとめもなく　ゆとりもなく
明日がない　と想うとき
さっと脳裡を掠め去るものがある
それは飛び跳ねる鯉だった
姿を消した池のせいかもしれない

怒りと素知らぬ顔

やつら怠け者かもしれない
否　へそ曲がりではない
愚直なのだ
いたる所に何もしない人たちがいる
彼ら密かに
矜持を隠し持ちながら
目立った発言や他事に干渉したりはしない
そうした持ち味がウチナーンチュの民意かもしれない
ニライ・カナイの思想だってあるのだ

それなのに時勢におもねて
外来の思惑にいつしか熱中し
スローガンに酔いしれて
めまぐるしいトライアスロンにきりきり舞いして
耐久しながら
マスメディアに歩調を合わせて共鳴する
それが沖縄のためだという
差別と基地を押しつけて
堪忍袋の緒が切れ
辺野古移設基地
絶対反対
断固反対
多数の知識人も賛同
あのシュプレヒコールの心地よさ

いさぎよさ
オール沖縄
民意の怒り隅々まで満ち溢れている
——あれは本物の怒りなのだろうか
パフォーマンスではないのか
それとは別に
海の彼方
狂気のメロディーが流れている
あの津波にも似た圧力
列島を脅迫する重苦しさ
それなのによそ見して
何のその
ナンクルナイサ
島隠れしたふりして

否　ありのまま怒りを噛（か）ますが
一部のウチナーンチュは
黙って宙ぶらりん

＊ニライ・カナイは海のかなた（海底・地底）から、豊穣・幸（ときには罪・災難）をもたらす両義性の神観念・理想郷（島によってはニルヤ・カナヤ・ギライ・カナイとも呼ぶ）。
＊ナンクルナイサ（何とかなるさ）

愛と憎しみ

いつしか砂に惹かれて
砂漠の中に独りぽっち
乾いた砂だらけでも
孤独な存在の
淋しさと心地よさ
広漠とした砂漠で
生きている意味を感じて
砂に埋れた牛の頭骨は砂を慈しみ
殺されたことを

超越して
そこに美しいフォルムがある
永劫の
砂と骨は
仲良くいつ果てるともなく
語り合うだろう
一つの怨みつらみなしに
美学に向かって
生きるだろう

煙突

一人の老人が
煙突のかなた
海が見える路傍に
たたずんでいる
じっと動こうとしない
漁業の永い足跡に
思い巡らせているのだろうか
その姿　さわやかにも見えるが
寂しげでもある

もの思いにふけている
煉瓦造りの古い煙突
毅然として立っている
それを見て急に
気分がさえわたる
　月が出た出た
　月が出た〜
炭坑節が
甦ってくる
筒形から黒煙が風にゆれて
絶え間なく　たちのぼっていた
排気ガス　廃業
名残りの　煙突よ
今では　幸せを

もたらす噂は
どこ吹く風

赤いトマト

スーパーの野菜売場に
色鮮やかで艶のあるトマトが
ひときわ際立っている
あの赤は　薔薇色の赤だ
可視光の長波の光なのだ
火、血、熱を基点に
情熱、愛、活力、勇気などなどに
由来するではないか
いつもシンボルカラーだ

日の丸の輝き
永遠に大自然を
見守る太陽
いや日常において
トマトが甦る
アンデスの味覚を
忘れずに　辛抱強く
今日を生きる

あとがき

この詩集はわたしが数年前に出した『艦砲ぬ喰え残さー』に続く第六詩集になる。全体的なテーマは詩集に掲げたタイトルと同等の意味をもつ『霊魂(マブイ)の力』である。沖縄の霊魂とはどういうものであろうか。

沖縄では一般でいう霊魂をマブイと呼んでいて、それはあらゆるものの本質に宿る生命の原動力であり、一般の精神作用をつかさどる霊的な存在であるという。そして肉体が滅んでもなお生き残る力を有するものと考えられている。そこには生きマビイと死にマビイの存在を認めるようだ。

そうした事物への感受性からわたしは、沖縄戦で亡くなった多くの人たちのことに思い巡らして考えてみた。

わたしは五十年ほど前の一九五八年頃に、県史の沖縄戦記録に掲載するために地上戦を体験した住民の証言を多く聞き取る作業をした。その後、取材の後遺症のような漠然としたある心残りがあって、そうした精神的な影響を受けているような気がする。

あるとき不意に証言者たちの印象深い語り口を思い出した。その話の悲劇的な内容にもかかわらず、それらの言葉の奥の方に、何か清らかな明るい要素があることを一度ならず感じたのである。そういうことを言うことは、もしかするとタブーかもしれない。考えてみると、そうしたアンビバレンスな要素は、マブイの不死身な生命力と無関係ではないのではないか。そうしたうやむやな存在感こそは、捨て難い大事なものであろうと思ったのである。

詩集を出すにあたって、田村雅之氏をはじめ編集部の方々に細心の配慮で協力していただき、心から感謝申し上げます。

星　雅彦

二〇一九年十月一日

詩集　霊魂（マブイ）の力

二〇一九年一二月二一日初版発行

著　者　星　雅彦
沖縄県浦添市伊祖一―三―六（〒九〇一―二一三二）

発行者　田村雅之

発行所　砂子屋書房
東京都千代田区内神田三―四―七（〒一〇一―〇〇四七）
電話〇三―三二五六―四七〇八　振替〇〇一三〇―二―九七六三一
URL http://www.sunagoya.com

組　版　はあどわあく

印　刷　長野印刷商工株式会社

製　本　渋谷文泉閣